푸른사상
시선

44

괜찮아

최 은 묵 시집

푸른사상 시선 44

괜찮아

인쇄 2014년 7월 20일
발행 2014년 7월 24일

지은이 · 최은묵
펴낸이 · 한봉숙
펴낸곳 · 푸른사상사
주간 · 맹문재 | 편집 · 지순이 | 교정 · 김소영

등록 제2-2876호
주소 서울시 중구 충무로 29(초동) 아시아미디어타워 502호
대표전화 02) 2268-8706~7 팩시밀리 02) 2268-8708
메일 prun21c@hanmail.net
홈페이지 www.prun21c.com

ISBN 979-11-308-0249-7 03810
ISBN 978-89-5640-765-4 04810 (세트)

값 8,000원

이 도서의 국립중앙도서관 출판시도서목록(CIP)은 서지정보유통지원시스템 홈페이지(http://seoji.nl.go.kr)와 국가자료공동목록시스템(http://www.nl.go.kr/kolisnet)에서 이용하실 수 있습니다. (CIP제어번호 : CIP2014022201)

이 책은 2013년 한국문화예술위원회 아르코문학창작기금을 수혜하여 발간되었습니다.

괜찮아

| 시인의 말 |

등을 보는 일이 서러웠다.
막차가 떠난 빈 철로 위로 구름이 나비 떼처럼 내려왔다.
일출을 돋을새김하려는 듯 응축된 몸으로 날개를 떤다.
몇 번의 허기를 보내야 아침이 올까.
어둠에 오래 젖은 우리가 겨울 새벽 서둘러 나비가 된다 해도
날아, 찢긴 허공을 비집고 날아, 먼저 떠난 달과 밤기차에게 날개를 달아주자.
몇 개의 간이역을 지나
체독할 수 없는 온도로 별은 뜨고 또 별이 뜨고
별자리 선을 따라, 구름의 탈피를 기억하는 누구라도 만난다면
우리는 M2-9에서 새벽을 그릴 것이니, 종착역에 이르기 전 서러웠던 이들은 햇살을 끌어와 나비가 되어도 좋다.
하늘과 땅이 맞닿은 거기부터 아침이 오고.

2014년 7월
최은묵

| 차례 |

제2부

제3부

제4부

제1부

벽지
— 가정법원, 여자의 진술

나는 벽에 달라붙어 살았다
움켜쥔 손톱은 짓물렀고 등은 시렸다
이제 나는 지치고 늙어
그만 벽에서 내려오려 한다
지금껏 나는 혼자 단단한 줄 알았으니
못에 뚫린 자리는 비로소 바람에 내줄 수 있게 된 것이다
이건 구멍이 아니라 들판이다
내 몸에서 벽화처럼 굳어가던 문양(文樣)의 나비들이
저녁 해를 따라 떼 지어 날아가고, 들판은 점점 커지고
풀칠되지 않은 노을처럼 나는 너그럽게 주름진다
나는 벽을 떠난다
벽과 멀어진 이만큼으로 가볍게
나비가 앞선 들길로 간다
바람이 지나가면 길을 내주고, 잠시 멈춘 거기에 앉아
벽에 붙어 피곤했을 다리를 오래 주무를 것이다
딱딱하게 살았던 날들을 들판에 널고
천천히 데울 것이다

자기소개서

소개할 자기가 없음, 여기까지 써놓고 누워서 한참을 생각한다

삐 소리 내는 주전자처럼 누군가 어디선가 암호로 나를 부른다 과열된 내게 해독할 수 없는 음파를 보내는

그가

이따금 물소 뿔피리와 흡사한 파장을 보낼 때면 내 귀는 몽롱하게 정글로 간다

원시의 문자가 층을 지어 달음박질하는 정글에는 날것의 소리가 충만하다
밀림을 헤치고 펄떡거리는 야생의 부호들

맹수를 피하기 위한 발 구름은 매번 낮은 음이다 무리에서 뒤처진 얼룩말의 절규가 나타났다 사라지듯

저렇게 위로 오르는 암호를

어디서 보았더라

하늘 향해 귀를 둔다
음파를 따라 고개를 들면 어디선가 누군가 만날 거라는 확신
그를 만나면 나는 정중히 엎드려 자기라고 부를 것이다
그때까지 자기소개서는 보류한다

눈병

간판을 보았고 신호를 보았고

모퉁이를 돌 때는 예기치 않은 무언가와 부딪치지 않으려 두리번거렸다

허공에는 늘 벽이 있었다

벽 너머에 대한 궁금증은 벽처럼 굳어졌다

나는 벽과 마주칠 때마다 배꼽을 만졌다

배꼽은 과거에 내가 하늘과 연결되었다는 유일한 증거

탯줄을 자르고 발을 땅에 딛는 순간부터

내가 보는 것은 대부분 벽이었으니

벽이 내 눈에 박혀 병에 걸리는 게 당연한 일

안약을 넣고, 모퉁이를 돌 때 예기치 않은 무언가와 부딪치지 않으려 소리를 들어야 했다

바람을 듣고

걸음을 듣고

눈병에 걸렸으니 나는 들리는 것을 볼 수 있다

벽 너머 강아지의 누런 털 색깔을, 저 강아지가

가슴 앞에 땅을 두고 킁킁거리는 건 분명 살아 있다는 거다

눈병에 걸려서야

발바닥을 딛고 지낸 동안이 피로했음을 알았으니
하늘 향해 누워 배꼽 깊이 묻어두었던 탯줄을 꺼낸다
나는 한동안 배꼽을 만지며 허공을 기웃거릴 수 있겠다

첫

노을이 붉은 것은 알몸의 태양이 바다에 빠지기 직전 지느러미를 꺼냈기 때문이라고 했다

그 밤, 그녀가 내 얼굴을 만진 후로 턱 주위에 물비늘이 자라기 시작했다

구두를 벗다

수염은 뭔가 말을 하려고 밤새 입 주변에서 자랐다 아이는 면도기 속에 수염을 먹고 사는 곤충이 살고 있다고 말했다 전기면도기 보호망 속에서 먼저 살았던 부스러기들을 하수구에 털어낸다

어제 짐을 싸던 손에 청하던 김 과장의 악수는 어색했고, 오늘 구두 대신 아내 몰래 신은 운동화 밑창이 그러하다

발바닥이 낯설다 버스 정류장은 운동화로 바뀐 걸음을 알아보지 못했다 정류장을 지나 전에는 열려 있었을 하천을 걸었다

굴속을 흐르던 아침이 한꺼번에 입 냄새를 쏟아내는 복개가 끝난 하천 수풀 옆

은밀히 따뜻했을, 버려진 좌변기가 더럭 구멍 난 옆구리로 방귀를 뿜는 중년의 끝자락

살을 비집고 나온 수염이 말을 한다 아내가 듣기 전에 전기면도기에 살고 있는 곤충이 토독토독 수염을 먹어 치운다

밤 외출

문 없는 방
이 독특한 공간에서 밤마다 나는
벽에 문을 그린다
손잡이를 당기면 벽이 열리고 밖은 아직 까만 평면
입구부터 길을 만들어 떠나는
한밤의 외출이다
밤에만 살아 움직이는 길이 있다는 걸 모르는 사람들은
문을 닫고 잠들었다
나도 엄마 등에서 잠든 적이 많았다
엄마 냄새를 맡으며 업혀 걷던 시절엔
갈림길에 대해 고민할 필요가 없어
나의 발은 늘 여유로웠다
어둠에서 꿈틀대는 벽화는 불면증의 사생아
내가 그린 길 위에서 걸음은 몹시 흔들렸다
걸음을 디딜수록 길은 많아졌고
엄마 등에서 내려온 후로
모든 길에는 냄새가 있다는 걸 알았다
열린 벽, 문 앞에 멈춰 냄새를 맡는다

미리 그려둔 여름 길섶

펄럭 코끝에 일렁이는 어릴 적 낯익은 냄새

오늘은 그만 걷고 여기 가만히 누워

별을 그리다 잠들 수 있겠다

하늘에 업힌 밤

오랜만에 두 발이 여유롭다

이주

알통에 알 하나 감추었다
날개를 갖는다는 건
부화를 기다리는 복권처럼 화려한 상상이다
내가 지은 최초의 집, 알집은
파괴를 기다린다

낯선 사람들은 부화의 기미가 보이지 않는 알을 깨트려 요리할 충동을 품기도 했다
그때마다 나는 황급히 방문을 잠근 채 알을 품고 잠들었다
추락하는 꿈엔 날개가 필요했다
저항은 깃털이 될 것이라 믿었다

바람의 결을 읽지 못한 알은 부화에 실패했다
셀 수 없는 몸짓들이 젖은 깃털을 남기고 떠나갔다
나는 뒤척였고, 내 집은 불안했다
누군가의 집이 된다는 건 뼈를 나누는 일
떨어지지 않기 위해 몇 번이고 바람의 손을 잡아야 했다

공중은 알을 깨고 나온 자들의 영토

날개는 저항이 아니라 순응이다

알의 숨소리가 굵어졌다
바람은 읽는 게 아니라 맞이하는 것, 그때
임박한 탈피는 섬세한 통증을 동반한다
내 최초의 집은 이제 파괴될 것이다
눈을 감고 허공의 길을 끌어왔다
새집으로 가는 굵은 떨림
투둑,
내 몸을 가르고
어린 날개가 깃을 내밀고 있다

자화상

그림은 물감의 두께만큼 숨을 쉬지

누구도 손 내밀어 체온을 재지 않는, 액자 속 나는
뒤통수를 벽에 기댄 채
액자 밖 나 대신 늙어간다
그러므로 실제의 나는 거짓이다, 거짓의 나는
늙지 않아 거짓이다

채색으로 나이를 멈춘 나는
어린 시계의 가죽을 벗겨 옷을 짓고
그림을 부릴 줄 모르는 늙은 뼈들의 대화를 듣는다

주름진 이야기는 느리게 움직인다 주름은 땅에 묻혀 자신
의 초상을 그린다는데

내 젊음의 비결이 궁금하거든 늙은 시계의 뼈와 살을 바르고
집 가장 높은 벽, 시계가 있던 자리에 얼굴을 걸고 뒤통수
에 못을 쳐라, 그때

나를 제외한 모든 것이 늙어가는 것을 볼 것이니

땅 속 그림들이 고목에 줄을 걸고 흔들리는 밤에도
나 대신 자화상이 늙어갈 터

만약 내 딸이 할머니가 되는 과정을 지켜봐야 하거나 늙은
뼈의 주름진 이야기가 불쑥 궁금해진다면
망설이지 않고 액자 속 나를 벨 수 있을까

그림을 마주하고 선다
그림 속, 껍질 없는 내가 거친 숨을 몰아쉰다

목선(木船)

객지를 돌던 나는 손님처럼 귀가했다
외투 주머니에서 허름한 바다를 바닥에 쏟아냈다 가시만 남은 배 한 척이 거울에 앉아 있었다

나는 너무 늦게 귀항했고, 예고 없이 떠나가는 것들은 매번 조용했다
편백나무 오리(五里)길 너머 폐교 교실엔 항로를 일러주는 선생님이 없다 날개에 지도를 그려놓은 나비는 먼지와 함께 굳어버렸다, 그러고 보니

먼지는 항상 소리 없는 곳에서 자랐다

빈방에서 먼지는 내 흔적을 먹고 살았다 내 방에서 나는 점점 사라졌다, 먼지뿐인 낯선 방을 떠날 때마다

돌아올 채비를 꾸리지 않았으므로, 이번이 마지막이다, 마지막 항해다, 먼지 위에 포개놓은 유언은 언제나 유효했다

자정 무렵 잠깐, 조등(弔燈) 주위로 소란이 짠물처럼 밀려왔다

내 입에서 소금 냄새가 났다

바다를 베어 먹은 나는 맘껏 배불렀으니, 이제 맨발로 떠날 수 있겠다

부서진 배 조각을 내 몸에 대고, 나비가 못질을 시작했다

가시만 남은 목선에 먼지가 돋아나고

초보 촌부일기

텃밭 옆집
두 살 암소 순둥이가 길게 혀를 내밀며 아는 체를 한다
이 부드러운 간지럼은
엄마의 등에 업혀 풀벌레 소리로 잠든 유년처럼 낯설지 않다
순둥이가 소리를 낼 때면
간혹 텃밭 강낭콩 꼬투리가 터졌다
텃밭을 돌며
출산을 앞둔 호박도 챙길 일이다
발끝을 붙잡은 해그림자에게 숭늉 한 사발 챙겨주려
집으로 데려왔다

놓치고 살았던 것들 죄 널린 새 터에서
촌부의 하루가 짧기만 하다

판화

하루를 조각하는 일은, 늘
서툰 칼질의 연속이다
몸의 빈자리마다 또 하루가 문신처럼 채워지고
오늘을 종이에 찍는다
이제 몸은 먹물로 진해져
발자국들은 점점 흔적이 또렷해진다
이 자국에는 볕이 들지 않아
꽃은 흑백으로 피고 꿀벌이 날지 않는
조화의 미술
먹물이 마르기 전에 반복해서 종이 위를 구른다
조각도가 지난 자리마다 소름처럼 사라지는 오늘
나는 익숙하게 방바닥에 엎드려
거꾸로 찍힌다, 꾹

그믐달

이것은 배고픈 소리다
속이 빈 것들의 어수선한 노래, 허기는 갈대처럼 자랐다
굶주린 날을 잘라 리드*를 만들었다
위(胃)에서 피리 소리가 났다
손톱을 물어뜯다 얼핏 들었던,
소리다

얼마나 더 참아야 내 눈에도 달꽃이 필까

바람을 종일 굶은 갈대의
배고픈 소리 위로 전령처럼 눈이 내렸다
홀로 밟은 주소들은 전부 지워질 것이다
텅 빈 자리를 채운 허기가 스스로 소리를 낸다
나는 겨우 몇 줌의 떨림을 호흡한다

내달 그믐에도 나는 살아 있을까
오늘, 달까지 거리가 또 지워졌다
길게 내는 소리를 담기 위해

나를 굶고 속을 비운다

무음의 울림통,

여기서부터 달까지가

득음의 거리다

* reed, 갈대, 관악기의 발음원이 되는 얇은 진동판.

나는 옆방 사람이었다

지금 누워 있는 지하 방을 우물이라 부른다
축축한 눈길로 나를 지켜보는 벽
나의 영역은 바닥, 벽은 오직 더듬는 것만 허용된다
사각을 점령한 이끼는 포자를 전면에 배치했다
우물은 오래전 폐쇄되었고 방에는 물이 없다
혹시 이곳은 지하로 들어가는 비밀 통로일지도 모른다
쥐며느리는 내 흔적을 돌돌 말아 구석으로 가져간다
바닥과 벽이 갈라진 틈에 창문이 있다
창문을 열면 또 하나의 창문
밀폐된 독방에서 계속 창문을 연다
달이 떴다 지고, 몇 번인가 떴다 지고
달이 아닐 거라는 생각은 하지 못했다
교과서에서 그것은 달이었을 뿐 무덤은 아니었다
방에 있던 책들은 모두 익명이 되었다
내 이름도 한 글자가 지워졌다
하루가 지나면 하루만큼 벽이 다가왔다
거울에 비친 나는 압축된 공기를 마실 수 있는 능력이 없어
먹다 남긴 식빵처럼 말라간다

언젠가 나는 유물처럼 발견될 것이다

이 방은 우물이고

말라버린 우물은 대부분 무덤의 통로였다는 걸

학자들은 결국 찾아낼 것이다

손톱을 갈아 바닥에 쓴다

이 방은,

도플갱어

얼음은 당신이 죽기 전의 시간이다

죽기 전 당신은, 뼈에 붙은 살점을 바르듯 조심스레 몸에서 시간을 분리했다

시간을 냉동시켜 보관하는 건 언제든 재생할 수 있는 의미

얼음이 녹을 무렵
당신은 미련하게 돌아왔다

떼어놓은 시간은 어째서 차가운지
얼음을 관통한 햇살을 더듬어 젊었던 당신을 읽는다

한낮이 혀를 내밀어 얼음을 핥는다, 표면부터
봉인이 풀리는 옛 시간들
눈을 감은 채 얼어버린 눈동자는 늙지 않았다

시간엔 마이너스가 없어 당신이 이곳에서 머무는 건 불가

능한 일

얼음이 모두 녹으면 당신은
한 번의 재생을 끝으로 완벽하게 증발할 것이다

우리는 마주 앉아 마지막 식사를 나눴고
당신은 채 녹지 않은 시간을 털어 저녁 값을 지불했다

자투리 시간까지 모두 소멸됐으니
우리는 다른 시간에서 재회할 일 없겠다
당신은 젊은 나였고
나에겐 겨우
몇 푼의 시간만이 남아 있으므로

치과에서

말을 다친 사람들이 상처 입은 말을 소독한다

나의 말에도 상처가 생겼다
먹이를 찾아 낮밤 소리 없이 움직이던 벌레들은
치아에 저장된 달콤한 말들을 골라 먹었다
입술을 열자, 작은 곳에 터를 잡은 벌레들의 아우성이 쏟아졌다
마취된 잇몸은 벌레들의 소란을 느끼지 못했다
어색하게 굳어버린 이와 잇몸의 관계처럼
벌레와의 오랜 동거는 내내 불안했다
아마 지금쯤 벌레의 집에 갇힌 말이
목발을 짚고 쪽창 밖을 바라볼 것이다
마른 몸을 혀에 기대고 애써 촉촉하게 버틸지도 모른다
허약한 문장이 재빠르게 목구멍으로 숨어버렸으니
나의 말은 상처가 아물 때까지 너덜너덜 입술 쪽창을 기웃거려야 하겠지

목젖이 메트로놈처럼 흔들리는, 치과에서, 벌레의 집을 청

소하는 사람들

엄지발가락에 힘을 주고 누워 상처 입은 말을 꿰매고 있다

제2부

강냉이

말린 오후를 튀기려는 사람들이 말없이 모여 있다
설마른 기대는 아무리 뜨겁게 달궈도 크게 부풀지 않는다

나는 몇 배로 부푸는 현상을 뻥이라고 말했다, 바싹 마른 오후가 탈출이라고 항변했다, 그래

탈출은 근사하지
밀봉된 쇳덩이 안에서 뜨겁게 돌아가는 생마다
한 번은 소리 내며 솟구칠 것이니

뻥,
부풀어
제 살을 터트려도
그물망 하나 뚫지 못하는

마른 옥수수처럼 모여 살다 겨우겨우 한때 모은 생(生)을 튀기는, 복권방 사람들

고등어 편지

택배가 왔다, 두 해 만에
배 가른 고등어 속에
꿔간 돈 십만 원과
늦어 미안하다는 쪽지를 보내온 정호
고등어 뱃속에 접혀 있던
고향 바다를 펼치자
소금에 절여진 옛일이 꿈틀거린다
여비 준 셈 치고 잊고 살았던
십만 원 때문에
정호는 여태 짠맛을 품고 살았나 보다
더는 손질이 필요 없도록
가른 뱃속에
짜게 마음을 뿌렸을 정호
바다를 담으려고
얼마나 꾹꾹
택배 상자를 눌러야 했을까
고등어를 굽는다
실하게 품었던 바다가 집 안에 퍼진다

이자는 고등어 몇 마리로 대신하자는
편지 끝 구절이
바삭바삭 등껍질에서 쏟아진다

정호네 아버지

고물 리어카에 고물고물 폐품을 싣고 다니며 이 땅에 나오는 순간 모두 고물이 되는 거라던 정호네 아버지

열다섯 생일 날, 처음 사 준 기어 달린 자전거 도둑맞은 후 밤새 누더기 손으로 꼬물꼬물 자전거 한 대 만들었을 때 정호는 그런 아버지가 고물스럽다고 하였습니다

대학 마친 정호가 첫 월급으로 사온 오리털 점퍼를 입어보시며 속에 쌓인 고물을 쏟아내느라 기침을 멈추지 못하던 정호네 아버지

처음으로 고물상을 벗어나셨습니다 마음은 고물이 아니라며, 오리털 점퍼를 입고 따뜻하게 날아가셨습니다

붕어빵

88년 가수왕 최곤은 떨어진 별이 되어 라디오로 들어갔다 라디오 속에서 별빛은 소리로 변하고 소리는 다시 영월 하늘에서 별이 되었다

읍내 시장통 국민은행 옆 붕어빵은 라디오를 듣고 산다 오래전부터 붕어빵은 냄새로 신호를 보냈고, 냄새를 기억한 별빛이 전파를 따라 아래로 쏟아진다

국밥을 푸는 아줌마의 바쁜 웃음에, 생선 비린내 삼삼한 도마 위에, 칼 가는 숫돌의 콧노래에, 할머니 손을 잡은 손녀의 목덜미에 빛나는 군침

라디오를 먹고 사는 붕어빵에서 소리가 난다 빛이 난다 팥앙금 터지면 장터에 흩뿌리는 별들의 단내

둥지

옥탑방에 둥지를 튼 미스 김 누나는 아침에 퇴근한다
우리 집에 들러 계란과 두부를 사고
맡겨놓은 운동화로 갈아 신는다
나는 누나가 외투 속에 날개를 숨겨뒀다고 믿었다

산동네를 내려와 지하 카페 '둥지'에서 밤을 보내고
한낮이면 날개를 손질하는 미스 김 누나

알을 낳은 까치는 한동안 날지 않았고
구급차가 옥탑방 누나를 데리러 온 날은
달이 뜨지 않았다
나는 들것에 실린 누나가
뱃속에 달을 숨겼다고 생각했다

누나는 한동안 분유를 사갔다
나무 위 어린 까치들은 날기 시작했으나
누나는 여전히 날개를 펼치지 않았다

다시 운동화를 맡긴 날

달은 옥탑방에서 먼저 떠올랐다
미스 김 누나는 운동화를 찾으러 오지 않았다
나는 운동화에 달라붙은 깃털이
누나의 날개에서 떨어진 거라 굳게 믿었다

어린 까치들은 다시 돌아오지 않았고
빈 둥지는 천천히 낡아갔다
중학교에 입학하면서 나는 코밑의 수염이 조금 진해졌다

구멍 난 양말

구멍은 칼국숫집에서 발견되었다
화장실에서 양말 좌우를 바꿔 신었다
삐죽 엄지발톱이 길다
결혼한다고 말하는 그녀에게
하마터면 깎지 못한 마음을 들킬 뻔했다

나는 내내 그녀를 신고 있었고
구멍이 나도록 곁에 두었다
때론 들켜 화끈거려도 좋았을
홀로 닳아 생긴 구멍

이제 그녀와 맞닿을 일 없으니
더 이상 나는 구멍 나지 않겠다
입으로 삼킨 국수가 양말 구멍으로 빠져나오고
국물이 턱밑에서 뚝뚝 떨어진다
나는 땀이라고 했다
그녀가 히죽 웃었다
그녀의 웃음에

나는 자꾸만 구멍이 난다

마지막 식사가 끝나간다

손

산 입구에서 아이*는
엄지와 검지를 벌려 산의 높이를 잰다
한쪽 눈을 감고 오므렸다 펴기를 반복하다가
이따금 푸르르르 박새 한 마리 날아갈 때면
엄지와 검지는 금방 권총으로 바뀐다
빵, 아이의 총알을 맞고 굴참나무 부스럭거릴
새를 찾아 산을 오른다

겨우 엄지와 검지에 들어갈 산이
멀리서는 아내 엉덩이마냥 둥글둥글 미끈하더니
할퀴고 찢긴 것들 속으로 품고 있다
구르다 다친 바위 나무뿌리에 기대고
이끼는
깨진 바위틈을
심줄 퍼렇게 부둥켜 잡고 있다

산은
가려진 멍울이 모여 높이를 이루었을까

두 걸음 아래 아내에게

손을 내민다

떨어지지 않으려고 이끼의 손을 잡은 바위

엄지와 검지 틈에 눌려

딱쟁이 진 비밀을 가만히 움켜쥔다

보듬어 모인 것들 오르락내리락 서로 이어진

산,

그 손을 잡는다

* 지적 장애 2급 판정.

신바람 만두

겨울 우체국은 걸어가는 게 좋다

풀칠하지 않은 봉투에 편지를 담고
스치는 신바람 만두집
수증기 휩싸인 사연들 층층마다 익어가면
만두피에 싸인 다섯 남매
한 이불에 따뜻했던 단칸방
아랫목 새 장판에
둥글게 검은 도장 찍힐 때마다, 차례로
형과 누나는 새 주소지 찾아 이불을 빠져나갔다
내 차례가 되었을 때
아궁이는 연탄 대신 기름보일러로 바뀌었다
까맣게 타버린 아랫목 도장 곁에
아들 손잡은 어머니 오래오래 말이 없었는데
그게 울음 참는 거란 걸 왜 그땐 몰랐는지

우체국 가는 길
신바람 만두집에 잠시 멈춰

신바람은 편지 봉투에 담아 어머니께 보내고

만두는 내가 먹고

아버지의 냄새

등뼈가 굽은 도구들 나란히 집으로 가는 해질녘
마을 곳곳에 퇴비 냄새 짙다
맨발로 흙 밟고 흙처럼 살아온 동안
아버지 몸에는 주름마다 냄새가 스며들었다
잠든 밤에도 기억했던 아버지 냄새는
닳아버린 호미처럼 어느새 늙어 있었다
일생 흙을 읽으며
자식들에게 퇴비로 살아오신 아버지
모로 누워 종일 읽은 흙 이야기를
마른기침에 섞어내던 밤이 지나고도
굽은 등뼈는 펴지지 않았다
이른 아침 거친 살갗으로 얼굴을 매만질 때마다
내 몸에선 싹이 돋아났다
아버지를 양분 삼아 내 안의 어린 싹은 쑥쑥 자랐다
모판에서 옮겨진 나는
아버지의 밭에서 흙 냄새를 맡고 뿌리를 키웠다
새 잎이 돋을 때마다 메마른 아버지의 냄새가 피어났다
성치 않은 날로 잡풀을 뜯어내는 호미를 보며

나는 여름 내내 아버지를 흡수했다

붉은 고추가 들판을 가득 채우고

늙은 호미가 아버지 곁에 앉아

발등의 흙을 털며 가을볕처럼 웃었다

바람이 아버지의 어깨에 올라 땀을 훔쳐 달아났고

그림자가 활짝 등을 펴고 있었다

타임머신

벽시계가 멈췄다
허리에 묶은 태엽을 훌렁 풀어놓고
추를 늘어뜨린 채 움직이지 않는다
시계의 배를 열고 고장 난 시간을 떼어낸다
이상한 건, 분해했다 조립하면
꼭 나사 몇 개가 남는다는 것
분해되고 제자리를 도로 찾지 못한 부속들
조이지 못한 시간은 금방 늙는다던데
나는 얼마나 많이
어머니를 분해하고 조립하였을까
제대로 조이지 않아 젖가슴은 축 처지고
빠진 부품을 채우지 못해 얼굴 쭈그러든 어머니
어머니의 뱃속에는
소화되지 못한 시간이 가득 담겨 있었다
눈물을 닮은 벽시계 추처럼
통째로 분해된 어머니의 위장
나는 어머니의 눈물을 조립한 기억이 없다
눈물이 있던 자리 톱니바퀴가

헛돌고 있는지,

헐거워진 어머니

자꾸만 달그락달그락 웃으신다

추를 떼어낸 벽시계가 꿰맨 자국을 들추며 따라 웃는다

떼어낸 시간은

바늘의 거리만큼 다시 봉합될 것이다

벽시계가 시동을 건다

이번에 떠날 어머니의 시간여행은

미래다

방석 오리

우리 동네 볕 좋은 언덕 하늘오리식당, 빨랫줄에 매달린 방석 덮개들 흐느적거린다

방석마다 오리 한 마리씩 그려 있다 부리가 닫혀 있다 물갈퀴는 동동거릴 줄 모르고 인쇄된 날개는 펴지지 않는다

방석에서 사육된 오리들이 실바람에 뒤뚱거린다 속살 빠진 껍질로는 날 수 없는지, 식당 이름 전화번호 찍힌 옆구리에서 뚝, 뚝, 물방울 떨어진다

때 벗고 푹신하게 부푼 몸, 다시 눌리고 해져야 겨우 방석 벗어나 기름기 없는 깃털로 너덜너덜 퍼덕거릴 저 오리들

볕 길 틈 바람이 분다 느슨한 감시에 빨래집게 빠져나온 오리 한 마리, 사람의 무게를 떨치고 훌렁, 첫 비행을 한다 비틀비틀 날아간다 하늘 닿아 설렌 속 깃 참 포근하겠다

봄밤

곰 같은 아내 사람 만들 수 없냐는
위층 박형에게
마늘 한 접 주었는데
천장에 귀 기울이던 형광등
더 커진 곰 발바닥 소리에
깜박깜박 기절해 깨어나지 않는다
이번 주말에
쑥 서너 소쿠리 캐야 하나,
곰 가족 쿵쿵대는 천장 아래
꽃단장한 꼬리 감고 잠든 아내
네이버 지식을 아무리 뒤져도
여우를 곰으로 만드는 방법은 없다
곰과 사는 박형이 샘나
은근히 약 오르는 봄밤이다

한지를 덮고

눈이 내렸다, 밤새 닥나무 울고
마당에서 몸집을 불리던 눈사람은 사막으로 갔다 눈길에서 모래바람 소리가 났다

자세히 봐, 모래알은 압축된 무덤이야, 봉분은 몸을 보관하는 곳이 아니라 기억을 폐기하는 곳이지, 이름처럼 부피가 큰 것들은 매장할 수 없으니 낱자로 분리하여 돌려줘야 해

눈사람이 모래를 밟고 걸어가네 가짜 입과 가짜 눈을 떼고 걸어가네, 껍질만 남긴 채 녹아버린 누이의 얼굴처럼

더디 늙는 기억은 왜 물기가 많을까

누이를 묻은 날에도 아버지는 틀발을 저어 종이를 떴다
오늘 태어난 한지는 아비보다 먼저 죽는 일이 없겠지

도침(搗砧)하는 아버지, 방망이 소리가 누이를 덮고 있다
물이 닿으면 올올이 풀리는 닥종이

나이를 되짚어 세듯

소박한 생의 날만큼 종이를 덮고, 누이는
따뜻하겠지 눈덩이를 벗고 맘껏 따뜻하겠지

닥나무 껍질을 삶는 동안만이라도 사막으로 가는 길은 닫아두기로 했어

눈이 내리고, 밤새 닥나무 울면 목줄 풀린 눈사람부터 사막으로 갈 거야

편지를 적으려는 듯 눈물을 닦으려는 듯
한지를 덮고

파꽃

파꽃이 피었다
하얀 파꽃에 나비가 앉았다
할머니 옷고름에도 나비가 앉아 있었다
비녀 꽂은 흰머리가 파꽃인 양
할머니 곁에는 사철 나비가 날아다녔다
머리에 흰 꽃을 피우려 속을 비워낸 파가
춤을 춘다
치마저고리 푸른 잎이 명랑하게 펄럭인다
어느 게 꽃이고 나비인지
할머니 저고리에 앉은 나비도 파꽃 위를 하얗게 맴돈다
뿌리에 흰 고무신 신고 어깨를 들썩이는 할머니
치맛자락 펄럭일 때마다 향기 푸르게 퍼지는
파밭의 봄날

홍옥

풍선으로 사과를 만드니 영락없이 홍옥이다 단내가 아니라 꼭지 아래 움푹 파인 곳 가만히 들여다보면 자르르 속으로 파고드는 교성

행여 이빨 자국 남길라치면 여지없이 소리를 낸다
톡,
손끝만 닿아도 금세 달아오르는
그 여자의 배꼽

부풀어 오른다 껍질을 따라 도는 언뜻 익숙한 실루엣 숨을 멈추면 입안 가득 고이는 신맛

사르르 흐르는 껍질 속에서 쉼 없이 이어지던 파장에 갇힌 손이 흔들릴 때마다 칼이 따라 요동치고 껍질이 분리된다

흠뻑 젖은 숨으로 풍선을 불었다 소소한 몸짓에 마침내 소리가 터지고 홍옥 향이 뜨겁게 번지던 첫날밤

제3부

여름 마중

하지를 닷새 앞둔 밤에
맨발로 걸어온 비
골목 어귀, 문 떨어진 냉장고에
발을 넣는다

여름을 걷기에 이만한 신발 또 있을까

덧거리

국민은행 앞 과일 행상 할머니는 장갑을 끼고 있다
종류별로 바구니에 과일을 옮기는 손
행여 땡볕에 흠집 날까
과일 위로 가로수 그늘을 끌어 덮는 할머니
이따금 장갑을 벗을 때마다
엄지 곁에 또 하나 작은 엄지가 그림자처럼 드러난다
한 몸인데 한 몸이 아닌 듯 붙어 있는 곁가지
열매의 단맛을 감싸느라
저 불안한 손이 얼마나 조심스러웠을까
봉지에 과일을 담을 때마다
덧붙어 살던 손가락을 감추려 골 깊은 웃음을 덤으로 주는 건 아니었을까
단골로 들르는 바람도 비둘기도 행인도
장갑 속 육손을 모른 체한다
손님 뜸할 때면
가로수에 박힌 쇠못에 비닐봉지를 걸어두는 할머니
잎 피우지 못하는 가지를 손가락인 양 한참 매만진다 그 손으로

덤을 얹는다

금세 과일 향이 쏟아질 것 같은, 여자의 손

집

육교 아래, 거미가 집을 짓는다
세상을 옮기느라 들 집 한 채 갖지 못한, 리어카
부러진 바퀴살에 솜이불 펼쳐놓고
그만 쉬라고, 이제 함께 살자고
거미가 집을 짓는다

둥글게 산다는 건 머무르지 못하는 숙명이지
오늘 배달한 빈 관(棺)은 누구의 집이기에 작은 걸까
내일 예약된
바람의 집은 주소가 없어, 아무리 더듬어도
실어 나를 가족이 없어,

바퀴를 달고 태어난 자들이 석양을 이고 가는 뒷길
번지 없는 사람들이 제 그림자로 천막을 친다

하루를 배달하고
우산처럼 무릎을 편다
뉘 집 대문인 양 육교 아래 서 있는다, 늙은 거미가

다시 집을 짓는다

밤새 바퀴살에 국화꽃 피워놓고, 이제라도

붙어 살자고, 단칸방

집을 짓는다

훌훌,

뭍으로 부름을 받았다

저녁 늦게 귀항한 나는, 젖은 그늘을 매달고 돌아온 배의 최후를 이미 알고 있다

바다를 떠도는 동안
뭍에 둔 뿌리는 내내 통증이었으니
항해를 마친 바람이 털썩 앉거나, 뱃일 멈춘 노부부가 축축한 그늘 한 짐 내려놓을
나무 의자가 되어도 좋다

이따금 선주였던 사내와 몇 잔 술 나누다보면
바닷바람 깃든 옹이부터 시리겠지만

나는 그늘을 부리던 나무 배
수면의 주름을 익힌 나는 폐선이 되어서야 그늘의 무게를 깨달았으니

되돌아오는 일이 버거운 배들아, 흔들리는 그림자는 바닷

물에 젖지 않으니 그만 출렁여라

부듯가 나무 의자로 재생된 생이 낯설겠지만
몸에 낀 물때는 뭍에서 숨길 가려움이 아니므로
나는
바닷바람 좋은 새벽마다
옹이 속 채 가시지 않은 비린내를 뿜어 돛을 올릴 것이다

부르지도 않았는데, 퇴역을 앞둔 사람들이 뜨문뜨문 다녀
갔다

훌훌,
손님처럼 하루가 지나가고

구름의 언어

우기에 떡갈나무는 빗방울을 모아 지도를 그렸다
갈잎의 역사책에는 비가 구름의 언어라고 적혀 있었다
기록을 마친 잎마다 차례로 지도를 완성했고
구름의 길은 낱장으로 보관되었다
언제부터인가 떡갈나무에 새들이 사라지기 시작했다
구름의 언어를 해독하지 못해
발을 땅에 딛고 살아야 하는 사람들은
나무 아래 갓을 맞대고 지도를 연구했다
제각각의 웅성거림이 갈잎을 흔들었다
그때마다 지도에 그려 있던 길이며 건물들이 나무 아래로 떨어졌다
비를 피해 처마를 잇대기 시작한 사람들은
구름의 언어를 잊고
땅의 언어를 창조했다
지도에 대한 연구는 더 이상 이어지지 않았다
날갯짓 없는 땅은 조작된 트루먼쇼
돋보기로 갈잎을 파헤치던 노인이
완성되지 않은 지도를 입에 문 채

얼어 죽었다는 소문이 돌았다
땅의 미로에 삶을 담보한 자들의 무관심이
바위 엉덩이처럼 뒤룩뒤룩 살만 찌우던 겨울, 끝내
구름의 언어를 잊지 않던 몇몇이
갈잎의 비밀을 풀어냈다
다시 우기가 밀려오면
공중의 길을 찾아낸 사람들은
갓을 벗어버리고 굳어버린 날개를 펼칠 것이다
텅, 사람 하나 없는 떡갈나무 아래
닭 한 마리가 물끄러미 하늘을 보고 있었다

산이 움직인다

제 몸만큼
뻗었다 오므렸다
고추장 독을 올라가는
달팽이
김형은 달팽이 등껍질을 보고
날개가 굳어버린 거라고 했다
날 때부터
어머니의 짐을 나눠 졌다는
곱사등이 김형은
아들의 등에서 산이 된 어머니를
일평생 업고 다녀야 했다
얼마큼 높이 오르면
등껍질이 녹아내릴까
더 높은 땅을 찾아
장독 뚜껑에 오른 곱사등이
짊어진 산이 꼬물꼬물 움직인다
빗물에 껍질 벗겨진 자리마다
날개가 새로 돋는다

봄꿈

봄날이 하도 적적하여 아내의 무덤에 다녀온 홀아비 곽씨(62세) 내기 장기를 두는 중고 가전제품 가게 앞을 흘깃 지나 단골 초원다방에 들러

노곤한 몸 의자에 내리고 산길에 보았던 개나리며 진달래며 눈감고 봄꽃 생각에 젖어 있다가 내일 비번이라며 꽃구경 가자는 송양의 콧소리에 다 늙어 이런 호사가 또 어딨겠는가 얼굴 주름 겹치게 실실대는데

테이블 쌍화차 다 식도록 입 헤벌리고 코골다 그만 딸꾹 옆으로 젖혀진 고개에 깜짝 깨난 곽씨, 물끄러미 쌍화차와 송양을 번갈아 바라보며 잠꼬대인지 혼잣말인지 한 소리 달그락 던진다

임자, 꿈까지 허락받아야 되는 건 아니잖어

마네킹 그녀

태양이 털실처럼 풀려 서쪽에 닿자, 도시의 새들은
뜨개질을 멈추고 귀가했다
잔상으로 남은 하루, 끝물을 타고
시간을 사냥하는 무리가 쏟아졌다

밤이면 쇼윈도를 나와 화실로 향하는
마네킹 그녀
화실에서 그녀는 익숙하게 옷을 벗고
원하는 자세로 숨을 굳힌다
목탄이 살갗을 핥을 때마다
종이 위에서 가루로 허물어지는
그녀의 껍질, 형광등 주파수에 맞춰 그녀가 쪼개진다
분리된 팔다리에서 흉터가 떨어진다
예비 화가들의 눈길이 몸을 더듬을 때마다
등허리 시계 문신은 보푸라기처럼 부어올랐다 그녀가 움켜
쥔 시간은
어디로 날아간 적이 없다
시간이 멈춘 공간에서 번식이 불가능한 종족은

밤마다 그림으로 복제된다
그녀를 흠모하던 사람들은 모두 시간을 지불하고 죽어갔다
그녀를 기웃거린 화실도
몇 장의 그녀를 낳고 사라질 것이다

쇼윈도엔 벌써 봄꽃이 만발이다
통유리 사이로 카운트다운이 시작된다
그녀의 수신호를 따라 시간이 분리된다
신상품 쇼타임이다

뚱뚱한 웃음

월급 받으면 맛난 거 사 가지고 내려온다던, 옆집 살던 초등학교 내 짝 숙희를 다시 만난 건 이십일 년 만이었습니다

조문 온 내게, 묻지도 않았는데,

그놈이 웬순지 술이 웬순지, 술 취한 아버지 피해 내 방에서 새우잠 자던 엄마 생각나서 참다 참다…… 하루는 대판 싸웠는데, 나를 확 밀치는 거야, 그래도 앞니 덕에 위자료 더 받았으니…… 아버진 내 소식 모르고 가셔서 다행이야

볼 붉게 쪼물거리며 부러진 앞니 사이로 곗돈처럼 모아둔 세월을 헛헛 꺼내는 동안, 나는

몸 안에서 오래 묵어 비대해진, 이따금 불쑥 삐져나와 이빨에 걸릴 때면 이쑤시개로 밀어넣는 웃음이 있다는 걸 알았습니다

또 조문객이 왔고, 숙희는 내게 웃음을 맡기고 일어났습니다

잠시 어리둥절하던 철없고 뚱뚱한 것이, 물로 헹궈도 쉬 가시지 않는 마늘 냄새처럼 내 목젖을 붙잡았습니다

막내딸을 못 본 척 모르는 척, 아저씨가 웃고 있습니다 떠나기 전 며칠 묵어가는 까만 지붕 집에서 웃고 있습니다

아저씨와 숙희의 웃음을 마주한 채, 나는 밤새 빈 소주잔만 만지작거렸습니다

틈, 바람의 그림자

바람은 날기 위해 그림자를 그늘에 둔다
그림자에도 무게가 있다
바람의 그림자는 낙태된 채 땅에 머문 소리들
틈마다 땅으로 묻히기를 거부한 소리들이 저항군처럼 숨어 있다
틈은 그늘의 소유다

담장 밑 틈 그늘에 풀이 돋았다
뾰족하게 풀이 돋았다
검(劍)처럼 솟은 저 푸른 잎은
태양의 검법을 배운다
날선 검을 세운 풀이 그늘을 가르자
틈에 숨은 소리들이 움찔거렸다, 순간
소나기처럼 볕이 다녀갔다

그림자가 붙어 있는 모든 것들은 땅을 딛고 산다
땅으로 가야 하는 것과 하늘로 향할 것들은
태초의 약속으로 나뉘었다

죽음은 무거운 그림자를 떼어내는 일
바람만이 죽지 않고 공중을 날아다닌다

하늘과 땅의 틈에, 물속 악어처럼 눈알만 내놓은 채 엎드린 소리들
소나기가 내리기 전, 이 후덥지근한 지열은 죽어버린 소리들이 토해내는 마지막 몸부림
빗물에 젖은 소리들은 땅속으로 사라진다, 그때
별은 숨죽이고, 풀은 검을 접고, 바람은 섧은 춤을 춘다
저항은 끝났으나
여전히 틈은 그늘의 소유다

종이비행기

속이 비칠 만큼 죄다 젖었고
비는 멈췄다
이번 비행은 누군가의 손을 벗어난
처음의 몸짓
바람이 잦아들면 내 젖은 몸은
저 바닥에서 맘껏 구겨질 터
바람을 거스를 수 없어 늘 아래로만 날았던 나는
아래가 두렵지 않다
나는 길 건너 점집 깃발처럼 허리가 묶이지 않아
몇 번의 비행 동안 나비를 만났고
옆집 강아지를 짖게도 했으니
이만하면 넉넉한 여정이었다
이제 바람의 사용법을 덮을 시간
옥상 난간에 서서
마지막 솟구침을 위해
점프를 한다
바람에 오르기 위해
젖은 날개를 애써 펴지 않아도 된다

구름 걷히는 틈으로 설핏

햇빛을 보았다

고래 무덤에는 등대가 있다

등대지기 삼촌은
테트라포드를 고래 꼬리라고 불렀다
그물 감는 롤러 줄에 꼬리가 잘린 삼촌은
더 이상 고깃배를 타지 못했다
삼촌의 꼬리는
지금쯤 바다 어디를 헤엄치고 있는지,
몸통 잃은 꼬리 서로 엉킨
고래 무덤 위 등대에
불이 켜지면
잃어버린 꼬리를 찾으러
몸통으로 방파제 주위를 헤엄치는
고래 한 마리
밤새 물 뿜어낸 등에서
절뚝절뚝, 한 짐 바다를 내려놓고
마음대로 퍼덕이지 못하는 인조 다리에
고래 무덤에서 건져 올린
꼬리를 하나씩 맞춰본다
어두워지면 다시 등대에 오를

고래 삼촌,

삼촌의 등대 아래에는

고래 무덤이 있다

멍

영등포역 근처 해장국집 앞에 파란 비닐봉지가 한참을 머뭇거린다 등짝에 전화번호 큼지막하게 적혀 있는, 목줄도 없는 저 파란 동물이 한 끼 식사를 위해 입을 벌린다
입속 그늘, 저 짙은 퍼렁은 분명 멍이다
혹시 저 멍은
땅에서 배를 채우는 동안 서서히 지워진
공중의 흔적들은 아닐까

파란 동물이 습관처럼 바닥을 구른다 바람에 비켜설 줄 모른다 구겨진 몸으로 제자리를 빙빙 돈다, 냄새로 배 불린 몸으로 어디를 가려는지 자꾸 역 앞을 기웃거린다
무궁화호가 곧 출발한다는 안내 방송이 흘렀고, 역 담장을 뛰어넘어 열차 지붕 위로 솟아오른 파란 동물
비워야 갈 수 있는 높이가 있다는 걸 저 파란 동물이 알고 있다면, 하행선 철로 끝 아버지의 고향에 다다라 오래 아껴둔 하늘 한 조각 떼어 먹여주리라

어릴 적에 나, 파란 눈을 가진 여자가 몰래 파란 눈물 흘리

는 걸 보았다 하늘을 오래 날아야 갈 수 있는 루시의 고향 하늘은 밤에도 파랬을까, 파란색을 볼 때마다 내 발자국엔 멍울이 뚝뚝 떨어졌고

가정식 백반

매일 밤 가족과 어울리는 꿈을 꾼다
가끔은 횡재를 바라지만
귀가에 당첨되지 못한 나는
올 추석엔 돌아가야지
내년 설엔 갈 수 있겠지
집 먼발치에서 걸음을 되돌린다

오백 원으로
즉석복권 오천 원에 당첨된 오늘
열 배의 재수를 얻어
한 끼를 해결한다
무료 급식소를 벗어나
내 돈을 내고 당당히 먹을 수 있는
오천 원짜리 가정식 백반
누군가의 입을 셀 수 없이 스친 숟가락은
어찌 지냈느냐 묻지 않는다

침 고이는 식탁

아직 돌아갈 수 없는 집을 미리 맛본다

입 밖으로 빠져 나오려는

아내와 아이의 이름을

밥 한 술 뜬 숟가락으로

꾸역꾸역 밀어넣는다

하프타임

달라붙은 거리로 가격을 매기는 슈즈 클리닝
몸살을 떼어내는 값은 적당하고
신발이 마를 때까지 나는 지폐처럼 늙어간다

맨발의 시간 동안 발그림자를 벗을 수 있다 그림자는
걸음이 오독한 지도
담과 담 사이를 걸어왔다면
지도의 경계는 허공까지 유효하다, 빈 공간을 수직으로 솟는 국경선이나 땅과 하늘 사이에서
그림자는
두께가 없다

해독하지 못한 지도는 그래서 평면이다
돌아보면 거리는 모두 짓눌린 날들
여백이라 생각했던 골목들은 쉼터가 아니었고
바닥에서 운동화는 맨발이었으니

터진 신발을 바느질하듯 걸음과 걸음 사이를 꿰매는 저녁

한 켤레 빈집에서 생의 자국이 떨어진다
몇 번의 헹굼을 거쳐
바닥을 앓았던 날이 모두 마르면
수선할 수 없는 절반의 거리는 지워질 것이다

지도를 새로 그려야 한다

제4부

엄마의 말

어미 소가 갓 태어난 송아지를 연신 혀로 핥는다

제 몸 가장 부드러운 살로
말을 하는 중이다

나오는 사람들

노쇠한 바람이 모여 사는 갱도 속에 자막처럼 사라져간 이름이 있다
퇴적이 멈춘 지층, 공백을 비집고 누적된 부정합의 일기

땅의 내력을 파헤친 밤마다 악몽을 꾸던 광부들은
탄가루로 죽어간 이름을 기록했다, 영화가 끝나야 나타나는 이름처럼 검게 적힌 허름한 이력

읽히지 않은 생은 엔딩 곡에 끌려갔다
일과를 마친 광부들이 선술집에 모여
무명으로 살다 떠난 배우의 한 생을 복기하는 내내

생을 짚는 누구나
자막으로 기록되고 있다는 사실을
그들은 알까

배우들이 까만 몸을 씻고 자막에 오른다

내일은 구멍 난 산에서 유숙하던 구름이 분장을 하고 빈자

리를 메울 것이니

죽은 바람을 탄차에 태워 보낸 오늘은 맘껏 비가 내려도 좋다

어두웠다 밝아지는 순간 나타났다 사라지는, 대본 속 엑스트라들

텅 빈 스크린
영화는 끝났다

월요일 오후

매점 입구는 액자 모양이다
관람객들은 액자 속으로 들어와 미술관의 여백을 산다
주문한 여백을 받아드는 사람들은
얼마나 오래
두 발을, 바닥에 딛지 않았을까
나는 그들이 목에 줄 하나씩 매달고 있다는 걸 안다

제 몸의 무게를 견디기 위해
일생 삭은 줄을 끌며
바닥에서 발을 떼지 못한 큰집 할머니는
가벼워진 몸으로 천장에 매달려 웃고 있었다
굳어 갈라진 유화 물감처럼 입술만 뻘겋게 말라
낙관 없이 홀로 전시된 할머니
단 한 번 매달리기 위해
바닥 대신 허공을 택한 두 발에게
마거리트* 꽃을 달아주었다

액자에 들어가지 않아도 되는 월요일, 나는

낙관을 찾기 위해
할머니가 남긴 여백을 더듬더듬 걸어간다
오후의 시간만큼 미술관이 기울어진다

* marguerite, 국화과. 꽃말은 '자유'다.

낮달이 떴다

내 인생의 노조가 파업을 하면
협상 테이블에서 신을 만날 수 있을까

환풍기 또 덜덜거린다

아내가 환풍기로 사라진 지 사흘째, 회사는 부도났고 파업은 끝났다

전동 드라이버로 환풍기를 분리한다 날개에 찌든 먼지를 닦는다 덩어리진 아내의 한숨이 뭉텅 떨어진다 도깨비바늘처럼 피어 있는 오래된 투정들

사흘 전 아침 식사 때부터 딸아이는 반찬 투정을 하지 않았다 아이는 말이 줄었고 나는 계속 말랐다

먼지를 제거한 환풍기가 그물그물 집을 빨아들인다

전동 드라이버 배터리를 내 몸에 이식했다 비상용이다 추리닝 차림으로 집을 나섰다 가게 앞 아이들이 뻥튀기에 침을 묻혀 별을 만든다 라면 살 돈으로 뻥튀기를 샀다

환풍기를 끄지 않고 나갔나, 집 일부가 사라졌다 환풍기가 꺽꺽 트림을 뱉는다 지붕 없는 집, 마루에 누워 뻥튀기를 쪼갰

다, 낮달이 떴다

내일이 아이 여름방학인 걸 아내는 알까 빈집에서 점심으로 낮달을 먹는다 깨물지도 않았는데, 깨물지도 않았는데,

뻥튀기는 왜 쉽게 녹나

뼈대만 남아 먹을 게 없는 집에서 환풍기가 부드드드 날개를 떤다 아내와의 교신을 위해 배터리 전원을 환풍기에 연결한다

땅의 문

터진 신발 밑창에서 땅과 연결된 문을 발견했다
발을 움직이자 나무뿌리 틈으로 소리들이 흘러나왔다
발가락에 힘을 주고 지냈으니 눌린 것들의 소란은 도무지 위로 오르지 못했던 거다

나무 밑동이 전해주는 야사(野史)나, 자식들 몰래 내뱉는 어머니의 한숨, 대개 이런 소리들은 바닥으로 깔리는데

누워야만 들리는 소리가 있다

퇴적층의 화석처럼 생생하게 굳어버린,
이따금, 죽음을 맞는 돼지의 비명처럼 높이 솟구치는,
발자국을 잃고 주저앉은 소리들

소나무는 자신이 들은 소리를 잎으로 콕콕 찍어 땅속에 저장하고
땅에 발자국 한 번 남기지 못한 채 지워진 태아는 소리의

젖을 먹고 나무가 된다는 걸, 당신은 알까

낡은 라디오 잡음처럼 바닥을 기어 다니는 뿌리 곁에
밑창 터진 신발을 내려놓았다
서서히 땅의 문이 닫히기 시작했다

오래된 소리들을 다 비워낸 문은 새로운 이야기로 층층이
굳어지고
나무들은 땅속에 입을 둔 채 소리들의 발자국으로 배를 채
울 것이다

물의 깊이를 재는 법

물 위에 종이배 한 척
새들의 발자국을 싣고 간다, 수면에 남은
걸음마다 눈금이 새겨져 있다

새들에게 물의 깊이는 표면부터 시작이다
낮에 날았던 산이 거꾸로 박힌, 그 속으로 구름이 흐르는, 물갈퀴로 속살을 더듬어도 끝을 알 수 없는, 물속

표류가 시작된 종이배는 죽기 전에 해야 할 일을 안다

항해를 마쳐야 할 시간이 점점 다가온다

새들의 발자국을 바닥까지 데려가려면 더욱 젖어야 한다

돛이 물에 잠기고 날개를 잃은 발자국이 잠수를 시작한다
배에 실린 걸음들은 눈금을 펴고 아래로 떨어질 것이다

날개를 떼어야 젖을 수 있는, 깊게 젖어야 깊이를 알 수 있

는 세상으로

당신이 그랬듯이

종이배가

물속으로 들어간다

하루

혀에 도시를 짓는다
설계는 완벽하다
매일 아침 반복되는 시공으로
이층을 먼저 올리거나
옥상부터 만들어지는
단맛의 건물들은 무너질 염려가 없다
이빨을 울타리 삼아
도로와 공원을 만든 후
제일 안쪽에
내가 머물 집을 세운다
집을 나와 달콤한 말로 이루어진 출근길을 걷다 보면
물컹거리는 도시의 바닥에
뿌리를 내리지 못하는 가로수 틈틈
설계에 없던 들풀이 자란다
약간의 수분만으로 너풀거리는
적당한 거짓말이 전화선을 빠져나가, 자칫
도시가 허상이라는 게 들통 나기 전에
입술을 닫는다

가끔

도시를 건설하는 도중에

말싸움으로 몇 곳이 주저앉거나

불쑥 뱉은 말에 담벼락이 무너지곤 하지만

대개는 밤이 되면

말이 필요 없는 혀에서

하루의 도시가 또 허물어진다

골목길

쪽창들 액자처럼 걸린, 골목
굽은 길에서는 빛도 구부러져요
응달은 어디서나 쉽게 자라죠

골목 어귀 우산집 할아버지 종일 휘어진 빛을 수리해요 주문을 외우듯 바느질할 때마다 웅얼거려요 이따금 큰길 사람들 빛의 소리를 알아듣는 할아버지를 찾아와 수선을 맡기지만, 여기 있는 햇살은 전부 골목길 부품이라 고칠 수 없어요 우산 꽂이에 서 있는 낡은 우산, 꿰맨 자리마다 듬성듬성 빛이 새고 있네요

응달에 사는 것이 죄인 줄 몰랐으니, 나는
골목길에서 손이 트도록 구슬치기를 했고
담 밑에 쭈그리고 앉은 햇살 곁에서 실연을 말리기도 했어요
구구단 외우듯 암기한
눈감고 더듬지 않아도 너무 쉬운 길
할아버지가 골목길을 차지한 시간은

내가 스쳐 지나간 걸음의 몇 배쯤 될까요

내일이면 오래 앉아 뭉그러진 의자를 골목 그늘에 남겨두고 떠나는 할아버지
이제 쪽창 불씨는 누가 고쳐줄까요
한낮을 느릿느릿 쪼개 먹던 처마 밑 제비 새끼들은 누가 보살필까요
햇빛 수선할 곳 잃은 집집마다 낙인처럼 그늘을 찍고
골목엔 다시 어둠이 자라겠지요

문상객들 소리 한꺼번에 빠져나가기엔 너무 비좁은 골목길
쪽창 열고 펼친 우산에서 빛들이 뿌려집니다
모처럼 골목길이 환하게 북적입니다

보육원 아이들

달의 껍질을 벗겨본 적 있나요

손바닥에 달을 올려놓고 빙빙 돌리며 칼질을 해요
손등에 껍질을 문질러요 잘 익은 과즙이 몸으로 스며들고
마침내 나는 달을 읽을 수 있어요

담 밑, 버려진 타이어에 달빛이 드네요
찢어진 타이어 그늘진 안쪽
옹기종기 키 작은 풀이
달빛을 따라 고개를 갸웃거려요

달에 끼우면 꼭 맞을 것 같은 찢어진 타이어
구르다가 구르다가 멈춘 여기,
몇 줌 먼지 같은 흙에 뿌리를 두고
온종일 엄마를 기다리는 아이들
제 몸 감싸고 있는 찢어진 타이어가 엄마의 껍질이었다는 걸, 풀은 알고 있을까요

오늘 또 과도를 들고 달의 껍질을 벗겨요

매일 하나씩 껍질을 벗기며 밤마다 환하게 구르는 약속을 남몰래 읽어요

앞마당에 쌓여가는 달의 껍질을 잇고 이으면 그때는 엄마를 만날 수 있겠죠

키 작은 풀이 꽃을 피울

내일 밤에는, 모레 밤에는

꽃향기 채운 달이 하늘을 굴러가겠죠

달빛의 자장가에

잠이 든

타이어 속 키 작은 아이들

이별

옛집이 허물어지고 나는 공터가 되었다

웅덩이로 변한 연못엔 아직 물고기 여럿
그늘 잘린 모과나무엔 새들이 버린 가구 몇 개

옛집의 주소는 트럭이 싣고 갔다
복층집 새로 들어서면 공터에 살던 늙은 바람도 방 한 칸 생길까

공터 위로 층층이 집이 쌓이고
건물의 높이만큼 공중에 담이 생기고
하늘은 옥상 사이로 각진 배경이 되겠지

나뉘고 재조립된 나는
집의 무게만큼 납작하게 숨을 쉰다, 연못은 사라지고

늙은 바람도 객사를 면했으니
흙먼지 들썩이는 옛 소란은 완벽히 가둘 수 있겠다

새로 생긴 담이 어색한 듯 옆 동네 꼬마들이 자전거를 돌려

헌 집으로 돌아갔다

비가 와도 물 고이지 않는 공터

연못에서 헤엄치던 구름은 꼬리부터 화석으로 변할 것이다

그림자 새

별을 지우며 날아가는 그림자 새 한 마리
단색의 몸뚱이로 태어나
나뭇잎에 건물 벽에
나타났다 순식간에 사라지는
그림자 새
날개를 펼친 동안은 은사(銀絲)에 매달린 꼭두각시처럼 홀로 바닥을 얕게 날아야 했다
고개를 치켜 허공을 볼 수 없어
해질녘 공원 나무 그림자와 겨우 손인사를 나눌 뿐이다
나는, 내가 무엇으로 조종되는지 궁금하지 않다
풀섶에 떨어진 깃털과 내 옆구리 통증의 관계도 궁금하지 않다
다만, 잡풀에 걸려 숨을 헐떡이는
저 바람은
깃털이 품었던 늙은 아내가 아니었을까
나무 위를 빙빙 돌던 새가 바람 곁으로 내려왔다
나는 가만히 새의 가슴에 귀를 댔다
깃 해진 가슴이 컹컹 뛴다

오래된 통증은 새와 내가 원래 한 몸이었다는 심장의 울림
바람이 풀잎 끝에서 가늘게 숨을 떨었고
나는 낡은 가슴으로 가만히 바람을 덮었다
야윈 몸을 나무에 기대 쉬던 저녁 햇살이 슬그머니 자리를 피해주었다

헛묘

영문도 모른 채 떠났던 옛집

문패뿐인 빈집에는 종일 굶은 바람이 앉아 있었다
부엌은 닫혔고 방문 틈에선 흙냄새들이 기어다녔다
오후에 사람 몇 찾아와 문패를 닦고 갔다
각진 몸으로 우직하게 주인을 기다리는 문패
볕을 수확하지 못한 빈집 지붕은
초저녁부터 산그림자가 차지해버렸다
낯선 사람에게 목이 묶여 끌려간 강아지는 돌아오지 않았다
돌담 곁 풀잎이 바스락거릴 때마다 환청처럼 강아지 울음
소리가 들려왔다
오래전 나는 아침에 뜨던 달처럼 지워졌다
옛집의 문패는 나를 알아보지 못했다
기다리던 가족들, 하늘 훤한 땅에 집 한 채 새로 지었으니
등 굽은 땅에 내가 없더라도

내 아이들 함께 모여 맘껏 서러워할 수 있겠다

속 빈 땅을 지키는 돌비석이 헛묘를 쓰다듬는 밤
지워진 사람을 찾으러 별들이 내려오기 시작했다

투명 인간

아무도 대답하지 않는다
내 말은 형체가 없이 녹은 소금처럼
혀 안에서 짜게 맴돌고
내 귀는 가난해졌다
사람들은 자유롭게 내 몸을 관통했다
통증도 없이 몸이 휘청였다
그때마다 나는 홀로 앉아
파란 바람의 기지개를 따라 했다
나는 투명 인간
나의 말은 투명 망토 속에서 투명하게 사라진다
언어가 다른 세상에서 멋진 옷은 필요 없다
바람으로 배를 채운 저녁
거리의 그늘마다
광고지처럼 흩어지는 숱한 투명 인간들
아무런 말없이 파란 바람을 따라 걸어간다
아무도 물어보지 않고

아무도 대답하지 않는다

어두워질수록 거리가 투명해진다

창

컵 속에 부러진 단추들이 모여 있다
실로 묶였던 구멍으로 냄새를 떠올리는 단추들
부러진 자리에서 달의 젖내 흐릿하다
사냥꾼에게 산탄을 맞고 부상 입은 반달
어쩌면 컵 속 단추는 엄마 손을 놓친 채
사막 개미들에게 다리를 물린 달빛이다

컵에 창문을 내자
달빛은 창문으로 드나들지
계수나무 가지로 창틀을 빚고 갓 잠든 아이의 눈을 붙이자
달빛 동요를 따라 세발자전거 바퀴가 하늘로 구르고
풍선 매단 새들 날아다니는, 컵 속 세상은
모두가 둥글어 직각의 계단은 떠올리지 않아도 돼

기다림은 창문으로 드나들지
창틀에 기대 밖을 보던 나는 모래 틈에 숨은 사막 개미
부러진 단추들 한 이불 속에 둥글게 몸을 붙인 반달의 밤
컵 속 듬뿍 달빛을 채우자

부러진 자리에 새살이 돋게 모래사막까지 창문을 내자

병실 창으로 들어온 반달이 내 곁에 가만히 눕는다
창문의 달빛은 공평하게 둥글다

거룩한 고물상

최후의 의식은
맨몸으로 저울에 올라 무게를 재는 일이다
죽음은 눈금으로 기록되고
건반 몇 개 눌린 풍금이 의식을 알리는 연주를 시작한다
성장을 멈춘 유모차는 울다가
다리가 구부러진 철 책상에 기대 잠들었다
분리된 무리들, 걸어온
생의 모퉁이엔 어김없이 거울이 있었다
거울 속으로 열린 허상의 길
버려진 것들이 신발을 잃고 걷는 동안
거울 언저리에 버짐처럼 얼룩이 번졌다
건물 골방에서 부품으로 살았던, 폐기된 자들의
주소가 모래 그림처럼 지워진다
고장 난 풍금이 마지막 연주를 끝내고 있다
품에 지녔던 가족증명서는
재활용할 수 없다
저울에 올라 거룩하게 의식을 마치는 녹슨 주름들
태양은 몸을 구겨 책상 서랍으로 들어갔다

밤새 부품을 갈아 낀 태양은

재활용된 아침으로 떠오를 것이다

알몸으로 가야 하는 길이 있다

감나무를 뽑아내자 새는 날개를 접고 내려왔다 땅에 앉아 제 깃털을 뽑는 새의 눈에서 먹구름이 쏟아졌다 먹구름이 더듬거리며 땅속으로 들어갔다, 바닥이 열렸다

깃털을 모두 뽑은 새가 땅속을 바라보며 꾸우꾸우 소리를 냈다

나는 날아본 적이 없으므로 새가 남긴 깃털이 필요했다 몸에 깃털을 꽂아넣었다 깃에 남은 바람 몇 줌이 몸속으로 들어왔다 통증만큼 몸이 가벼워졌다

새는 어디서 날다 땅으로 내려왔나, 땅을 딛고 살았던 나는 하늘의 길을 알지 못해 헤매다가, 높은 가지를 찾아 헤매다가 구름 몇 조각 깨어 물고 땅으로 내려왔다

땅에 발을 딛자 비로소 편안했다 어쩌면 나도 오래전 땅에 내려와 깃털을 뽑은 새가 아니었을까, 땅에서 깃털은 거추장스러운 옷이었다 나는 옷을 벗고 잠시 날았던 하늘을 깃털 옆

에 내려놓았다

세상의 모든 절차를 마칠 때 알몸으로 가야 하는 길이 있다
나는 감나무 썩은 가지 옆에 알몸으로 누워 꾸우꾸우 소리를
냈다 내 몸 곳곳 깃털을 뽑아 아문 자국에서 먹구름이 흘러나
왔다 천천히 새가 떠난 그 길이 다시 열리고 있었다

■ 해설

그림자 새의 추락과 그늘의 깊이

이재복

최은묵의 시에는 상처에 대한 흔적들로 가득하다. 시인의 상처는 다양한 질료들을 통해 시 속에 형상화되어 있기 때문에 그 전모를 이해하기는 어렵지만 그것의 성격은 드러난 여러 사실들을 통해 감지되고 또 인식된다. 시인의 상처는 외부세계로부터 비롯되어 안으로 내면화되는 경우가 있는가 하면 또 안에서 비롯되어 밖으로 표출되는 경우도 있다. 하지만 안이든 밖이든 중요한 것은 이 상처에 대응하는 시인의 태도이다. 시인이 상처에 어떻게 대응하느냐에 따라 시의 세계가 다르게 드러나며, 여기에서의 대응이란 그 상처를 풀어내는 과정에 다름 아니다. 시인이 삶의 과정에서 받은 상처를 어떻게 풀어내느냐의 문제는 시의 성격을 결정짓는 것으로 그것의 궁극은 상처와의 즐김을 통한 미적인 고양이나 승화에 있다고 할 수 있다. 이 말은 상처와의 즐김이 제대로 이루어지지 않는다면 미적인 고양이나 승화도 없다는 것을 의미한다. 상처와의 즐김이란 서구의 카타르시스, 인도의 라사, 우리의 신명풀이나 한풀이를 가리키는 것으로 이 각각의 개념들 사이에는 차이점이 존재한다.

그러나 이러한 차이에도 불구하고 이 개념들은 모두 내면의 상처와 그것의 고양이나 승화를 목적으로 한다는 점에서는 다르지 않다고 할 수 있다. 시인이 상처와 즐긴다는 것은 그것의 실체에 다가가 그것의 존재성을 들추어낸다는 것을 말한다. 자신의 내면에 은폐되어 있는 상처와 대면하여 그것을 감각하고, 인지하고, 이해하고, 판단하는 일련의 과정을 거쳐야 상처가 그 모습을 드러낸다. 시인이 자신의 상처와 대면하기 위해서는 무엇보다도 그 상처의 본질과 현상에 대한 통찰이 중요하다. 그렇다면 시인은 자신의 내면에 자리하고 있는 상처에 대해 어떤 통찰을 보여주고 있는가? 이 물음은 그의 시 전체를 문제 삼을 때 온전히 드러나는 것이지만 그 실마리를 풀어가기 위해서는 상처에 대한 자의식이 강하게 드러나 있는 시들을 중심으로 살펴보는 것이 효과적일 듯하다. 이런 맥락에서 볼 때 「판화」는 주목에 값한다. 시인은

> 하루를 조각하는 일은, 늘
> 서툰 칼질의 연속이다
> 몸의 빈자리마다 또 하루가 문신처럼 채워지고
> 오늘을 종이에 찍는다
> 이제 몸은 먹물로 진해져
> 발자국들은 점점 흔적이 또렷해진다

이 자국에는 볕이 들지 않아
꽃은 흑백으로 피고 꿀벌이 날지 않는
조화의 미술
먹물이 마르기 전에 반복해서 종이 위를 구른다
조각도가 지난 자리마다 소름처럼 사라지는 오늘
나는 익숙하게 방바닥에 엎드려
거꾸로 찍힌다, 꾹

—「판화」 전문

이라고 노래하고 있다. 시인의 하루는 몸에 문신처럼 채워지고 찍혀진다. 이러한 현상은 시인뿐만 아니라 하루하루 살아가는 모든 이들에게 나타나는 하나의 존재론적인 사건이다. 이 사건이 일정한 차이를 드러내기 위해서는 몸에 새겨지는 문신의 방법과 성격이 각각 달라야 한다. 시인의 몸에 채워지고 찍혀지는 문신은 그의 '서툰 칼질의 연속'에 의해 만들어지는 것이다. 자신의 몸에 새겨지는 문신을 '조각'에다 비유하고 있다는 점, 또한 그것이 '서툰 칼질'에 의해 이루어지고 있다는 점 등은 시인의 문신의 방법과 성격을 말해준다.

시인이 자신의 몸에 새겨지는 문신을 조각, 그것도 조각칼을 사용하여 이루어지는 판화에다 비유한 것은 의미심장한 데가 있다. 조각칼로 서툰 칼질을 통해 조각되는 문신이란 상처투성이에 다름 아니다. 시인은 그것을 "이 자국에는 볕이 들지 않아", "조각도가 지난 자리마다 소름처럼 사라지는 오늘" 등으로 표현하고 있다. 이 표현은 시인의 몸에 새겨지는 문신이 얼마나 깊은 상처를 지니고 있는지를 잘 말해주고 있다. 특히 여기에서 우리가 주목해야 할 것은 문신 혹은 상처를 '볕이 들지 않는 것' 으로 인식하고 있다는 사실이다. 이것은 시인이 문신에 은폐되어 있는 무의식과 같은 어두운 차원을 응시하고 있다는 것을 의미한다. 융은 이것을 '그림자' 로 명명한 바 있고, 우리의 경우에는 이것을 '그늘' 로 규정하여 삶의 윤리는 물론 미의 차원으로까지 그 의미를 확장하고 있다. 그림자와 그늘은 서로 같으면서 다르지만 그림자에 비해 그늘은 그 거느리고 있는 세계가 훨씬 넓고 크다. 그늘은 그림자와는 달리 어느 한쪽을 배제하거나 소외시키지 않고 다른 한쪽까지도 포괄하는 그런 세계이다. 이런 점에서 그림자가 아니라 그늘의 차원에서 상처에 접근하는 것이 어떤 세계를 온전히 드러내는 보다 좋은 방법이 될 수 있다.

시인이 말하고 있는 볕이 들지 않는 그늘의 세계는 그의 시 곳곳에 내재해 있다. 이 그늘은 시인의 눈을 통해 한 순간 드러나는 것이라기보다는 몸을 통한 오랜 감각과 인식의 과정을 거쳐 발견되는 것이라고 할 수 있다. 우리가 흔히 그늘을 말할 때 판소리의 예를 자주 드는 이유가 바로 여기에 있다. 판소리에서의 그늘이란 신산고초의 과정을 몸으로 체험한 자만이 가질 수 있는 세계를 말한다. 판소리에서의 그늘의 탄생 과정에 대응하는 시인의 인식이 「훌훌,」에 잘 드러난다. 이 시에서 시인은 "수면의 주름을 익힌 나는 폐선이 되어서야 그늘의 무게를 깨달았으니"라고 고백한다. 수면의 주름, 폐선에 대해 말하고 있지만 누가 보아도 이것은 인간과 세계 혹은 인간과 삶의 메타포에 다름 아니다. 수면의 주름, 다시 말하면 세계의 주름과 그늘의 깊이의 정도는 비례한다. 그늘이 깊어지기 위해서는 수면의 주름을 익혀야 한다. 시인은 그것을 '익혔다' 고 말한다. 그 익힘의 결과가 '폐선' 이고, 그것은 곧 '그늘의 무게의 깨달음' 을 의미한다.

그늘의 무게의 깨달음은 그것이 어둠의 영역에 유폐된 것으로서가 아니라 그것으로부터 질적인 도약을 은폐하고 있는 것으로 볼 수 있다. 그늘의 무게와 질적인 도약 사이에는 서로 충돌하는 면이 있다. 하지만 이 충돌은 하강이 아닌 상승의 의미를 지닌다. 그래서 시인은

바람은 날기 위해 그림자를 그늘에 둔다
그림자에도 무게가 있다
바람의 그림자는 낙태된 채 땅에 머문 소리들
틈마다 땅으로 묻히기를 거부한 소리들이 저항군처럼 숨어
있다
틈은 그늘의 소유다

담장 밑 틈 그늘에 풀이 돋았다
뾰족하게 풀이 돋았다
검(劍)처럼 솟은 저 푸른 잎은
태양의 검법을 배운다
날선 검을 세운 풀이 그늘을 가르자
틈에 숨은 소리들이 움찔거렸다, 순간
소나기처럼 볕이 다녀갔다

—「틈, 바람의 그림자」 부분

라고 노래하는 것이다. 이 시의 중요한 질료는 '바람' 과 '그림자' 이다. 얼핏 보면 이 두 질료는 서로 충돌하고 있는 것으로 읽힌다. 바람은 날고자 하고, 그림자는 그것을 방해하는 무게

를 지니고 있는 것으로 읽히는 것이 바로 그것이다. 만일 이런 상황에서 바람이 날기 위해서는 그림자를 떼어내야 한다. 하지만 그림자를 어떻게 떼어낼 수 있단 말인가? 그림자를 떼어낸다는 것은 곧 바람을 떼어낸다는 것에 다름 아니다. 그것은 그림자가 바람으로 인해 존재하기 때문이다. 바람이 없으면 그림자도 존재할 수 없는 상황에서 시인이 "바람은 날기 위해 그림자를 그늘에 둔다"고 한 것은 일종의 역설적인 표현이다.

바람이 날기 위해서 필요한 것은 그림자를 떼어내는 것이 아니라 그것을 그늘에 두는 것이라고 시인은 말한다. 시인의 이 말은 바람이 나는 데에 그림자와의 관계가 중요하며, 그 그림자는 그늘의 과정을 거쳐야 한다는 것을 의미한다. 그늘은 그림자의 무게를 가볍게 하여 결국에는 날개로의 질적 변화를 가능하게 해주는 삶의 원리이면서 동시에 미적 원리이다. 그림자의 무거움에서 바람의 날개로의 질적 변화가 가능한 데에는 그늘에 '틈'이 존재하기 때문이다. 틈은 "풀이 돋았다"에서 알 수 있듯이 그것은 하나의 생명이며, 이 생명이 그늘을 형성하는 것이다. 이 틈을 통한 생명의 그늘이 '볕'을 가능하게 하여 어두운 그림자의 무게는 밝은 바람의 세계로 바뀌게 된다. 그림자가 바람을 불러일으키듯이 그늘이 우주를 바꾸는 것이다.

「틈, 바람의 그림자」가 드러내는 원리는 상극과 상생을 통한 변화와 순환의 세계이다. 그늘의 세계에 존재하는 틈과 이 틈을 통해 이루어지는 모순과 역설을 포괄하는 변화와 생성의 원리는 그의 시적 상상의 토대라고 할 수 있다. 이런 사유 체계를 지닌 시인이기에 '늘 아래로만 날아도 그 아래가 두렵지 않은 것'이다. 그늘의 원리하에서는 하강과 상승이 분리되어 있지 않을 뿐만 아니라 서로의 바탕이 되어주기 때문에 '늘 아래로만 날아도 마지막에는 솟구침이 있다'(「종이비행기」)는 믿음을 지닐 수 있는 것 아닐까? 이것은 마치 '추락하는 것은 날개가 있다'는 명제를 연상시킨다. 그늘이 드러내는 이러한 원리는 어느 한쪽으로의 치우침이 없이 세계에 대한 평형을 유지하려는 태도에서 비롯된 것이라고 할 수 있다. 하지만 그늘의 세계는 그냥 주어지는 것은 아니다. 여기에는 무의식의 어두운 그림자의 세계를 벗어나려는 주체의 열정과 의지가 전제되어야 한다.

시 속에 드러난 주체의 이러한 열정과 의지를 잘 보여주고 있는 작품 중의 하나가 바로 「이주」이다. 그늘에서 중요한 것이 질적 도약이라면 이 시에서의 그것은 몸으로 나타난다. 시인의 몸의 질적 도약은 '알'에서 '날개'로의 변화를 의미한다. 시인이 가장 두려워하는 것은 알에서 날개로의 질적 도약이 이루어지지 않은 채 알의 상태에 머물러 있는 것이다. 시인의 불안은 '낯선 사람들이 부화의 기미가 보이지 않는 알을 깨트려 요리할 충동을 품으려 하자 황급히 자신의 방문을 잠근 채 알을 품고 잠드는 모습'에서 잘 드러난다. 부화의 기미가 보이지 않는 알은 아직 그늘이 드리워지지 않았다는 것을 말해준다. 그늘이 드리워지기 위해서는 '시인의 몸을 가르고 어린 날개가 깃을 내밀어야' 한다. 알 속에 갇힌 몸이 그것을 깨고 날개의 깃으로 질적인 도약을 함으로써 하나의 세계(우주)를 획득하게 되는 것이다. 그늘이 우주를 바꾼다는 말의 의미가 바로 여기에 있다.

그러나 「이주」의 경우와는 달리 질적 도약이 이루어지지 않는다면 그것은 생명이 아니라 죽음에 가까운 세계를 드러낼 수밖에 없다. 만일, 알을 깨트리지 못한 채 그 속에 갇혀 있게 되거나 물길을 트지 못해 말라버린 우물 속에 유폐되어 있게 되면 그 알과 우물은 대부분 '무덤의 통로'(「나는 옆방 사람이었다」)가 될 것이다. 알과 날개, 우물과 물길을 통해 알 수 있듯이 시인은 전자에서 후자로의 질적 도약을 강하게 희구하며, 자신의 시 세계의 궁극이 여기에 있다는 것을 알고 있었던 것이다. 그늘에서의 질적 도약의 문제는 시인 자신을 넘어 타인을 향할 때도 있다. 「둥지」에서 시인의 시적 대상은 '누나'를 향해 있다. 시인이 누나를 통해 드러내려고 하는 것은 그녀의 이면에 숨겨져 있는 '날개(깃털)' 이다. 시인은 비록 누나가 '지하 카페 둥지' 에서 밤마다 일하지만 그녀에게 날개가 숨겨져 있다고 굳게 믿는다. 자신이 그 날개를 보지 못하는 것은 그녀가 '날개를 펼치지 않았기' 때문이라고 생각한다. 시인의 이러한 믿음은 그녀가 카페 둥지에 갈 때마다 갈아 신는 '운동화에 깃털이 달라붙어 있다'는 의식으로 이어지고, 그것이 분명 '누나의 날개에서 떨어진 것' 이라고 확신하기에 이른다.

시인의 이러한 태도는 인간과 사물 등 세계 내에 존재하는 대상들이 그늘의 원리를 그 안에 은폐하고 있다는 것을 드러내려고 한 데서 비롯된 것이라고 할 수 있다. 이 말은 곧 삶 혹은 세계의 진정성이 그늘을 통해 드러난다는 것을 시인이 자각하고 있었다는 것을 의미한다. 그늘이 내포한 오랜 신산고초의 과정(삭임, 시김새) 속에 은폐된 삶 혹은 세계의 진정성의 모습이야말로 시인이 추구하는 시의 미적 원리의 현현이며 시인은 그것을 간절하게 확인하고 싶었던 것이다. 이때 신산고초의 과정에서 더 중요한 것은 눈에 보이는 세계가 아니라 눈에 보이지 않는 세계이다. 눈에 보이지 않게 내면화되어 있는 삶 혹은 세계의 진실은 '산은 가려진 멍울이 모여 높이를 이루었다'(「손」)고 고백하는 대목 같은 데서 잘 드러나듯이 그것은 가려진 멍울과 그것을 어떻게 삭이고 풀어내느냐 하는 문제를 포괄하고 있다. 얼마나 멍울을 잘 삭이고 풀어내느냐에 따라 그것은 '두께가 없는 그림자'(「하프타임」)가 되기도 하고, 시간의 냄새로 채워진 '주름'(「아버지의 냄새」)이 되기도 한다.

주름진 시간의 굴곡 속에 놓인 존재는 「골목길」의 '우산집 할아버지'나 「고래 무덤에는 등대가 있다」의 '삼촌'처럼 어둠 속에 있어도 밝은 빛을 낸다.

> 등대지기 삼촌은
> 테트라포드를 고래 꼬리라고 불렀다
> 그물 감는 롤러 줄에 꼬리가 잘린 삼촌은
> 더 이상 고깃배를 타지 못했다
> 삼촌의 꼬리는
> 지금쯤 바다 어디를 헤엄치고 있는지,
> 몸통 잃은 꼬리 서로 엉킨
> 고래 무덤 위 등대에
> 불이 켜지면
> 잃어버린 꼬리를 찾으러
> 몸통으로 방파제 주위를 헤엄치는
> 고래 한 마리
> 밤새 물 뿜어낸 등에서

절뚝절뚝, 한 짐 바다를 내려놓고
마음대로 퍼덕이지 못하는 인조 다리에
고래 무덤에서 건져 올린
꼬리를 하나씩 맞춰본다
어두워지면 다시 등대에 오를
고래 삼촌,
삼촌의 등대 아래에는
고래 무덤이 있다

—「고래 무덤에는 등대가 있다」 전문

시인이 형상화하고 있는 시적 대상인 삼촌은 '외상' 이 깊은 존재이다. 시인은 그것을 '꼬리가 잘린 것' 으로 표현하고 있다. 꼬리의 기능이 움직임의 가장 중요한 부분을 표상하고 있다는 점을 상기한다면 삼촌의 외상은 죽음의 어두운 그림자를 드리우고 있다고 할 수 있다. 이것은 삼촌이 놓인 상황이 어둠의 부정성을 강하게 지니고 있다는 것을 말해준다. 만일 삼촌이 이 어둠의 상황에서 밝음의 상황을 향해 질적 변화 내지 도약을 시도하지 않은 채 여기에 머물러 있다고 한다면 삭임이나 시김새와 같은 과정은 발생하지 않을 것이고, 이렇게 되면 삼촌의 삶은 퇴영적인 차원에서 진취적이고 우호적인 차원으로의 질적 변화는 이루어지지 않을 것이다. 하지만 이 시에 드러난 삼촌의 모습은 퇴영적인 것과는 거리가 멀다. 그는 자신의 외상으로부터 벗어나려는 강한 집념을 드러낸다. '잃어버린 꼬리를 찾으러 몸통으로 방파제 주위를 헤엄치는 고래' 와 '마음대로 퍼덕이지 못하는 인조다리에 고래무덤에서 건져 올린 꼬리를 하나씩 맞춰보는 모습' 이 표상하는 것은 자신의 상처를 외면하지 않고 그 속으로 들어가 그것이 환기하는 환상을 충분히 즐기면서 질적인 도약을 겨냥하고 있는 것이라고 할 수 있다.

삼촌의 질적인 도약은 '고래 무덤'에서 '등대'로 혹은 '등대'에서 '고래 무덤'으로의 이동을 의미한다. 삼촌은 어둠, 죽음의 차원에 유폐되어 있는 것이 아니라 그것으로부터 벗어나 밝음과 생명의 차원(혹은 그 역의 차원)으로 자유롭게 넘나들 수 있는 그늘의 속성을 지닌 존재가 된 것이다. 삼촌이 심각한 외상을 당했음에도 불구하고 자신에게 상처를 입힌 바다를 밝히는 등대지기가 되어 살아가는 이러한 일련의 과정이야말로 삭임과 시김새의 그것이 아니고 무엇이겠는가? 그가 자신에게 상처를 입힌 바다에 복수하려는 일념에 사로잡혀 살아간다면 그 한을 온전히 풀어내고 어르고 삭이는 그런 과정은 일어날 수 없다. 원한의 감정에 사로잡혀 있으면 그 감정을 비울 수가 없어서 다른 차원으로의 질적인 변화나 도약은 일어나지 않는다. 질적인 변화나 도약이 일어나기 위해서는 버릴 줄도 알아야 한다. 이렇게 되면 '비워야 갈 수 있는 높이가 있다는 것'(「멍」)을 알게 되고, 또 '파가 머리에 흰 꽃을 피우기 위해서는 속을 비워내야 한다는 것'(「파꽃」)도 알게 되며, '오래된 소리들을 다 비워내야 새로운 이야기로 층층이 굳어진다는 것'(「땅의 문」)도 알게 된다.

무엇인가를 버릴 때 새로운 것이 생길 수 있다는 생각은 그늘을 이루는 중요한 원리이다. 시인이 자신의 시적 원리를 여기에 두고 그것을 향해 밀고 나간다면 삶의 진정성은 물론 미의 진정성 또한 확보할 수 있을 것이다. 그늘의 원리를 포스트

모던 시대다 기술 복제 시대다 하여 이미 한물간 구시대의 유물로 치부해버리고 있는 상황에서 그것을 내세운다는 것이 시대착오적인 것이라고 생각할지도 모른다. 하지만 조금만 달리 생각해보면 이것이 얼마나 단순하고 무지한 것인지 알 수 있다. 우리가 살고 있는 '지금, 여기'가 오랜 숙성의 시간과 깊이와는 다른 삶의 양상을 보여주고 있는 시대이기 때문에 오히려 그늘의 원리가 필요할 수도 있다는 생각이 바로 그것이다. 최근 숭고의 원리가 새롭게 조명되고 부상하는 이유도 이와 다르지 않다. 더욱이 현대예술 중에 시라는 장르의 역할은 이 타락하고 세속화된 시대에 신성하고 숭고한 세계의 존재성을 끊임없이 환기하고 또 암시하는 것이라고 본다. 이런 점에서 최은묵 시인이 보여준 그늘의 세계에 대한 탐색은 주목에 값한다고 할 수 있다.

그중에서도 그늘의 세계에 들어서기 위한 몇몇 원리들은 시인이 두고두고 곱씹어야 할 중요한 덕목이다. '시에 그늘이 있어야 한다'는 것이 시인의 시쓰기의 궁극적인 목적이라면 여기에 이르는 길에는 그늘의 원리가 말해주듯이 세계 속에서 맺힌 응어리를 어르고 삭이고 풀어내는 과정에서의 진정성이 전제되어야 한다. 시인의 시 세계가 너무 얕고 투명한 경우에는 깊은 소리를 낼 수 없다. 이에 반해 그것을 오랜 시간 어르고 삭이고 풀어내면서 온갖 신산고초를 경험한 경우에는 깊은 소리를 낼 수 있다. 시인의 시의 궁극적인 목적이 여기에 있다면 그 깊이를 확보하는 데에 좀 더 많은 관심과 정성을 기울여야 할 필요가 있다. 시인의 시쓰기의 한 원리로 그늘이 드러나는 것은 사실이지만 그것이 얼마나 깊이를 확보하고 있는 지에 대해서는 끊임없는 성찰과 반성이 뒤따라야 한다. 시인은 시 속에서 그것이 의식적이든 아니면 무의식적이든 이러한 그늘의 원리에 대해 말하고 있다. 이미 그것에 대해서는 앞서 많은 언급을 한 바가 있다.

그러나 그늘에 이르기 위한 시인의 공부는 아무리 강조해도 과한 것이 아니다. 이것은 그만큼 그늘에 이르는 길이 쉽지 않다는 것을 말해준다. 소리꾼에게 최고의 찬사가 '당신의 소리에는 그늘이 있어' 라는 말이듯이 시인에게 최고의 찬사는 '당신의 시에는 그늘이 있어' 라는 말이라고 할 수 있다. 시인의 시의 중요한 질료 중의 하나인 '새' 와 '날개' 는 자주 이 그늘의 깊이를 재는 척도로 사용된다. 시인에게 새와 날개는 상승만이 아니라 하강 혹은 추락의 의미로 드러난다. 시인이 강조하는 것은 '하강 혹은 추락을 통한 상승' 이다. 시인의 논리대로라면 하강하고 추락하면 할수록 더 상승하고 또 비상하게 된다는 것이다. 이 반대일치라는 역설의 원리는 서로 상대되는 것을 배제하거나 소외시키는 것이 아니라 그것을 포용하고 융화하는 우리의 독특한 사유 체계(사상이나 철학 체계)와 밀접한 관계를 가진다고 할 수 있다. 시인은 "새들의 발자국을 바닥까지 데려가려면 더욱 젖어야 한다" 고 말한다. 이것을 위해 시인은 새의 '날개를 떼어' 낸다. 시인이 이렇게 하는 의도는 분명하다. 그것은 "깊게 젖어야 깊이를 알 수 있는 세상" (「물의 깊이를 재는 법」)으로 갈 수 있기 때문이다. 날개를 떼인 새가 추락하여 깊게 젖어야 그만큼 상처도 클 것이고, 이렇게 되면 그것을 치유하기 위해 맺고 어르고 삭이고 푸는 과정이 이어져야 한다. 이와 관련하여 시인은 이렇게 고백한다.

"오래된 통증은 새와 내가 원래 한 몸이었다는 심장의 울림"(「그림자 새」)이라고. 시인의 고백에는 진정성이 느껴진다. 이것은 새의 그림자가 나(혹은 나의 그림자가 새)라는 눈에 보이는 단순한 사실을 넘어 새와 나 사이에 눈에 보이지 않는, 오래된 통증만을 통해서만이 알 수 있는 그늘의 세계로 존재한다는 것을 말해준다. 그늘의 깊이 혹은 시의 깊이는 바로 여기에서 비롯된다고 할 수 있다.

李在福 | 문학평론가 · 한양대 교수

푸른사상 시선 44

괜찮아